Gregor Eistert
Lärm

MARK Salzburg

Diese Publikation erscheint im Rahmen des Salzburger Autor*innenwettbewerbs „Wir lesen uns die Münder wund", der seit 2009 in Kooperation vom Verein MARK für kulturelle und soziale Arbeit, dem Literaturhaus Salzburg und erostepost organisiert wird. „Wir lesen uns die Münder wund" richtet sich an noch nicht etablierte Autor*innen. Diese stellen sich in den Vorrunden mit ihren Texten dem Publikum. Der oder die Gewinner*in wird im Finale aus einem Dreiervorschlag von einer Jury gewählt. Hauptpreis ist jeweils eine durch Vereinsmitglieder des MARK Salzburg begleitete Publikation in Buchform.

Alle Informationen: www.marksalzburg.at

Bibliographische Information der Deutschen Nationalbibliothek: Die Deutsche Nationalbibliothek verzeichnet diese Publikation in der Deutschen Nationalbibliografie; detaillierte bibliographische Daten sind im Internet über dnb.dnb.de abrufbar.

Autor: Gregor Eistert
Lektorat: Stefan B. Findeisl
Layout/Satz: Julia Wegmayr
Cover: Julia Cosimi Cannata
Herausgeber: Verein MARK für kulturelle und soziale Arbeit
Herstellung und Verlag: BoD - Books on Demand, Norderstedt
ISBN: 978-3-7534-8124-1

Lärm

In unseren Köpfen schreien wir doch schon.
Die Wenigen, die auf die Straße gehen,
warten auf die Welle der Massen.
Tropfen für Tropfen werden wir Meer
und reißen die anderen mit.

Eigentlich müsste es viel lauter sein.
Wir sollten alle noch viel mehr Lärm machen.

Wir sollten aufbegehren.
Hier drinnen ist es bereits unerträglich.

Und ein Draußen existiert nicht.

Keine Angst, du bist hier nicht alleine.
Ich bin froh und ziemlich gerührt,
dass wir uns auf diese Art treffen.

Ich bin genauso gespannt wie du.

In diesem Buch habe ich verschiedene Texte gesammelt.
Jeder davon ist für mich Theater.

Das mag auf den ersten Blick seltsam erscheinen,
aber das Theater macht es möglich,
dass etwas im Moment entsteht
und es gehört dann nur denen, die dabei waren.

Alles, was in diesem Buch passiert, gehört dir.
Ich gebe dir dazu nur die Texte.
Ich gebe dir Worte, die du zu Welten bauen kannst.

Und manchmal erzähle ich ein bisschen,
wie und warum die Texte entstanden sind.

Aber das musst du nicht lesen.

Inhaltsverzeichnis

Die letzte Tür

Ich hätte gerne, dass mein Leben mehr ist als der Schmerz.
Ich wäre gerne größer und würde Geschichten von Glück und
Leichtigkeit erzählen.

Aber das Leiden ist leise und macht keinen Sinn.
Sein Bedeutungskreis geht nicht über die Grenzen meiner
Existenz hinaus.

Ich bin kein Märtyrer. Nicht einmal etwas Besonderes.
Ich habe gelitten und muss mich nun damit abfinden.
Vielleicht liegt meinen Schmerzen keine tiefere Bedeutung
zugrunde.

Meine Wunden helfen nicht, dich vom Bösen zu erlösen.

Einige von uns haben gelernt, ihre Dämonen zu beherrschen.
Doch in mir wächst eine Einsamkeit, für die ich mich schäme.

Mein Verzweifeln ist nichts als ein Seufzen, von dem ich will,
dass die Raubkatze es hört. Ein Hauch Leben, der das Grauen
auf mich aufmerksam machen soll, damit es sich ein letztes
Mal mit aller Gewalt auf mich stürzt und sich mein Sein in
seine Legenden einverleibt.

Ich wollte, das hier wäre nie passiert.
Ich habe nicht darum gebeten,
und doch kann ich die Last schultern,
die mir aufgebürdet wurde.

Aber meine Kraft reicht nur für mich.
Ich kann deine Trauer nicht mittragen.

Ich habe gelebt und genossen.
Doch jede glorreiche Zeit hat ihr Ende.
Und es ist mein Morgen dem ich entgegen schreite.

Jetzt stehe ich vor der letzten Tür.
Neben mir liegt eine ungelebte Jugend tot am Boden. Doch
dies ist nicht die Zeit für Trauer. Ich gehe festen Schrittes nach
vorne, die Augen auf mein Ziel gerichtet.

Laut bebt das Leben in mir und solange ich atme werde ich
Lärm machen. Die Luft, die ich einsauge, wird bei ihrem
Entweichen meine Stimmbänder anschlagen und bis die letzte
Vibration verstummt, wirst du wissen, dass ich hier bin.

Mit fester Hand greife ich nach der kalten Klinke.
Ich habe alles hinter mir gelassen. Wer ein neues Leben
beginnt, darf sich nicht umblicken.
Eine Träne schiebt sich vor meine rechte Pupille und für einen
Moment wirkt die verschwommene Welt wie ein Traum.

Dann gehe ich durch die Tür.

Ein besserer Ort

Ein besserer Ort hätte in seiner spanischen Übersetzung als "Un lugar mejor" am 15. Mai 2020 in Barcelona uraufgeführt werden sollen. Ich habe damals im Sommer 2019 einen Artikel im New Yorker über Manager im Silicon Valley gelesen, die eine Bewusstseinskrise durchleben, weil es ihnen ziemlich gut geht, während dieser Planet in der Krise steckt. Deshalb besuchen sie Meditationskurse und Retreats, um sich besser zu fühlen und ihre Mitte zu finden. Darüber habe ich mich so sehr aufgeregt, dass ich diesen Text geschrieben habe. Dann stand das öffentliche Leben auf einmal still, biedermeiermäßig zogen wir uns in unsere Häuser zurück und "Ein besserer Ort" wurde auf den Herbst verschoben. Genauso, wie sich CEOs zur Meditation zurückziehen und wir in unseren Häusern das Rausgehen abgewartet haben, ist dieses Stück ein solches Retreat für sein Publikum.

[Kursbeschreibung]:
Welcome to the Institute.
This is a three day course to find the only thing that really matters in life: you. A variety of exercises will help you turn down the noise, become still and find your centre. Do you sometimes feel stressed, out of balance or drained from routine? This course will guide you on your way back to your natural state.
The use of mobile phones as well as other electronic devices is not permitted during the entire experience. Please take note that the course fee doesn't cover workshop materials. During the experience, participants should refrain from eating, speaking and reading.
Welcome to the Institute. We'll bring you back to yourself.

// HITZE

[Die Reisende]:
Die Stimmen. Die Stimmen sprechen und es stimmt nicht, was sie sagen. Dass wir eine Zukunft haben. Dass alles besser wird.

Ganz verstimmt ist er schon, der Chor, der immer lauter wird, um sich selbst von der eigenen Botschaft zu überzeugen. Im Gleichschritt werden die Ausrufe untermalt. Alles ist in Ordnung, so soll es sein. Die Reihen zu verlassen, würde bedeuten, zuzugeben, dass die Perfektion Mängel hat. Dass es so nicht ewig weitergehen kann. Aber etwas anderes kennen sie nicht.

Das Neue macht Angst und deshalb lieber weitermachen mit dem, was schon immer da war. Die alten Herrschaftsstrukturen sind erprobt und auf sie ist Verlass. Schwitzend, schnaufend zieht die Masse vorwärts. In der Hitze, die ihr Streben erzeugt, haben sich längst Dämonen eingenistet und sind ihrer Höllen Herr geworden.

Doch das Feuer ist gefährlich. Nichts, was einmal verbrannt wurde, kann in seinen Urzustand zurückversetzt werden. Ewig zieren Narben die Gesichter des Fortschritts. Und doch ist die Hitze selbst der neue Gott.

Stell dir doch einmal vor, ohne den Ofen, ohne das Feuer, den Verbrennungsmotor - wir wären nur ein schändliches Abbild unserer Selbst geblieben. Wo wir doch zu so viel mehr fähig sind. Deshalb gießen wir doch gleich noch mehr Öl ins Feuer. Heureka! Und das Rad dreht schneller.

Wenn ihr uns jetzt doch nur sehen könntet! So weit sind wir der Zukunft schon entgegen. Wer nicht mit uns brennt, den lassen wir zurück. Es geht nicht mehr darum, ob du für oder gegen uns bist. Mach doch die Augen auf. Vielleicht erlaubt dir dein Blick gemeinsam mit mir die Zukunft zu sehen, oder du bleibst stehen, erzeugst keinen Lärm, keine Hitze und blickst irgendwann nur noch dem Staub hinterher, den wir im Rennen um die neuen Zeiten aufgewühlt haben. Hitze und Staub, die unser Schweiß magisch anzieht. Hitze und Staub, das Gewand in dem wir dem Fortschritt entgegentreten.

Was uns einst lieb war, haben wir zu verbrennen gelernt. Denn das Feuer will mehr und mehr und mehr. Als unser neuer Herrscher will es, dass wir ihm Opfer bringen und so brennen wir danach, ihm unsere Hingabe zu beweisen. Nimm dies und das und das auch noch. Gesänge begleiten diese Rituale und Reklame verbreitet die Hymnen der feuerlichen Herrlichkeit. Ich kann sie bezeugen, die Macht der brennenden Hochöfen, die alles verwandelnden Schmelzbecken. Lasset aus Leben Kohle werden, die noch heißer brennt als das alte Holz. Berstende Hitze, die unsere Zahnräder antreibt und Motoren, die sich gegen den Stillstand stemmen, denn ja, ich will nicht sterben.

Ich will, dass alles immer weitergeht, schneller noch, ja, schneller als zuvor, bis mich niemand mehr einholen kann. Bis mir schwarz vor Augen wird und graue Asche wie Schnee dem Himmel entgegen fliegt.

Feuer und Tod. Zu wild war unser Treiben. Zu lange haben wir den Brand gefüttert. Seine Zungen haben geleckt und geleckt, doch wir waren nicht genug. Strahlend hell schienen die Versprechen des Fortschritts. Unendliche Möglichkeiten und wir, die Abgötter unserer Schöpfung.

[Die Neugeborene]:
Manche Momente hinterlassen ein sehr klares Davor und Danach, sie ritzen eine Narbe ins Gewebe der Geschichte und nichts ist mehr so, wie es vorher war.

„Ich habe keine Angst mehr!", rief das Leben aus mir heraus, als ich die wilden Wasser durchstieg. Meine Haut nass, mein Haar triefend; ich war neu und am Leben. Als ich hierher gekommen bin hatte ich Angst. Ich bin in tiefe Wasser gestiegen und auf der anderen Seite wieder herausgekommen.

Etwas hatte sich verändert. Ich weiß nicht genau, wann es passiert ist, aber irgendwann schaffte ich es, mich von allem um mich herum zu distanzieren. Ich bin wieder im Spiel, habe meine Opferrolle verlassen und bin bereit für den nächsten Zug.

Um mich selbst zu finden, musste ich tief hinabsteigen. Betritt du doch Mal den Keller der Menschheit. Schau in den Abgrund. Bis er zurückblickt. Dort unten ist nichts als die Dunkelheit, ewige Schwärze und ein Spiegel, der mir ein Bild vorhielt.

Wem einmal die Wahrheit in die Kehle gestopft wurde, der kann sie nicht mehr ausspucken. Ein Brocken in meinem Hals, an dem ich immer noch fast ersticke. Bitte vergib mir.

[Anleitung für das Publikum]:
Close your eyes. Take a second to release all thought.
Say goodbye to your routine, your job, family, friends.
It's just you here now. Nothing else matters.
Just you. Here. Now.

Take a deep breath.
Inhale and slowly exhale.
Another deep breath.
Inhale and slowly exhale.
And repeat.

With every breath you connect more to your inner center, the
core of your being. Keep breathing slowly as you get closer
and closer to meet yourself.
Leave the outside world behind you. Shut it off. Nothing can
touch you where you are now.

You arrive at your centre and you find a feeling of peace.
Beautiful golden light that slowly covers every cell of your
being.

Keep breathing in your state of peace. Your personal troubles
can't come through to you. The world's troubles won't make it
through to you. Why waste thought about tragedy, about pain
and hunger, when you can just breathe. Why wonder about
the fragility of peace, the increasing power of right-wing
parties, when you can just be. You can just be here now.
Nothing of this affects you.

You know the threats are real.
You know the crisis is coming.
But it cannot touch you.
You just keep breathing.
Inhale and slowly exhale.
Another deep breath.
Inhale and slowly exhale.
And repeat.

You are part of a very small elite: The blessed few. When the seas rise, you move. You build your homes on safe shores. When the heat rises, you lock yourself in and push a button. When pollution rises, you purify the air around you. Just keep breathing. All of this doesn't have to concern you.

Another deep breath.
Inhale and slowly exhale.
And repeat.

It's wonderful that you want to solve this all on your own.
That you want to find a solution for the catastrophes that will harden the lives of the disadvantaged many.
But deep inside, in your centre, the centre you just found, you know you don't have to.
You only have to breathe.
Here and now.
Inhale. Exhale.
Another deep breath.
Inhale and slowly exhale.
And repeat.

// LABOR FÜR NEUES DENKEN

[Die Reisende]:
Wir pilgern ans Ende der Welt, um Abbitte zu leisten. Die Schuld zieht an uns und wir würden alles geben, um sie loszuwerden. Unseren Reichtum lassen wir zu Hause. Das Privileg erlaubt uns, hinabzusteigen, uns zwischen dem Volk zu bewegen und zu helfen. Ja, denn dazu sind wir hier! Ihr müsst nicht zu uns kommen, bleibt wo ihr seid. Wir sind schon da. Wir sind gekommen, euch das Heil zu bringen. Seht, wir pflanzen einen Baum. Und noch einen. Und noch einen. Ein grünes Band, dass die Wüste in Schach hält und euch gleich dazu. Nur weg von uns.

Wenn wir etwas wollen, dann kommen wir schon zu euch. In kleinen Münzen, zahlen wir zurück, was wir euch genommen haben. Wie einen Kredit, haben wir von euch genommen und unsere Welt damit aufgebaut. Dabei haben wir keinen Unterschied gemacht. Alles haben wir euch genommen, aber keine Angst, jetzt geben wir es euch zurück. Stück für Stück. Einen Baum, ein Schaf oder Kondome, damit ihr doch bitte nicht noch mehr werdet. Die Plätze auf der Arche sind gezählt, die Tickets verkauft und vielleicht nehmen wir sogar ein Paar von euch mit.

Wir haben nicht vergessen, dass ihr uns das Leben erst eingehaucht habt. Diese Vergangenheit ehren wir und wir binden sie in unsere Legenden und Geschichten ein. Während wir alles haben, habt ihr nichts. Aber selbst das ist egal. Diese Erde stirbt. Wir haben Premierenkarten und sehen aus der ersten Reihe zu.

Zuhause begegnen wir der Leere. Marie Kondo hat aufgeräumt und sie passt auf, dass wir nicht noch mehr Müll ansammeln. Früher wurde uns beigebracht, wir müssten kaufen und kaufen und kaufen, um glücklich zu sein. Ein bisschen mehr. Ein bisschen mehr Geld, ein bisschen mehr Besitz, ein bisschen mehr Schulden und die Last des Daseins ist leichter zu ertragen. Jetzt sollen wir alles wegschmeißen. Alles, was wir damals gekauft haben, muss jetzt weg. Weil weniger mehr ist. Weil weniger glücklicher macht. Und dieses Glück wollen wir. Wenigstens ein bisschen davon. Wir haben nicht mehr viel Zeit. Also schmeißen wir alles weg. Wir schmeißen es euch zu. Alles, was wir nicht mehr haben wollen, weil es seinen Zweck längst erfüllt hat, schmeißen wir euch zu und ihr könnt euch dann damit eine heile Welt aufbauen. Ganz bunt, so wie eure traditionellen Kostüme, ist das Plastik, das wir euch schicken.

Die Stimme spricht und ich breche vor ihr zusammen. Wie soll ich das alleine schultern? Wie soll ich das überhaupt verstehen? Uns geht es doch gut. Das ganze Leben hab ich nur gewartet, dass ich auch an der Reihe bin. Ich stehe am Rand, bin bereit zu springen, doch vor mir tut sich der Abgrund auf.

// DER LETZTE MENSCH

[Die Neugeborene]:
Diese Erde wird überleben. Unsere Welt wird untergehen.
Damit hab ich mich abgefunden. Ich habe meinen Frieden im
Ende gefunden und bin bereit loszulassen.

Ich würde gerne heimkehren. Zu meinen Wurzeln, den
Wäldern und Seen. Aber all das gibt es nicht mehr. Wildtiere
haben wir doch nur noch in unseren Zoos, wo wir sie wie
Ausstellungsstücke betrachten können. Vielleicht werden wir
diese Orte irgendwann Museen nennen. Zeit wäre es.

Ich habe mich von den Sommern meiner Kindheit
verabschiedet. Von den abendlichen Gewittern, mit denen ein
heißer Tag zu Ende ging, bevor sich die Wolken verschoben
und man am See spazieren gehen konnte. Jetzt verbringe ich
die heißen Monate vor der Klimaanlage und lasse mir trockene
Luft ins Gesicht blasen, während der Apparat das
Kondenswasser nach draußen pumpt, sich erwärmt und damit
die Stadt noch weiter aufheizt. Jedem Menschen seine
Klimaanlage und alle gemeinsam holen wir uns den Süden
heim.

[Ein Mensch]:
Was soll ich schon machen? Was kann ich alleine ausrichten?
Literatur hat Macht. Menschengemachte Macht, die in ihrem
Code unsere Vergangenheit verbreitet. Geschichte ist nicht was
geschah, sondern wie wir darüber reden. Heute produziert das
Internet die Texte. Eine anonyme Masse, die hinter ihren
Bildschirmen hockt und sich nicht mal selbst eine Meinung
bilden muss. Nein, sie kann sich das Denken anderer borgen
und muss es nur nachsagen. Es gibt keine Probleme, alles ist

gut. Solange wir uns nicht selbst mit der Realität auseinandersetzen, reicht es, wenn wir immer nur weiter das kopieren, was andere sagen.

Deshalb sprechen wir weiter. Wir spinnen Worte zu Legenden und werfen die Netze unserer Hoffnung vor euch aus. Eure Geschichten lehren uns nicht das nahende Ende. Wir wissen, dass es bald vorbei ist. In unseren Worten liegt schwach eine alte Hoffnung begraben. Nein, wir haben keine Zeit. Aber wir sind am Leben und in unseren Legenden singen wir, dass wir vielleicht noch eine Chance haben.

[Die Reisende]:
Was sagst du da? Du redest dich leicht. Du und die deinigen, die ihr alles wollt, die ihr nie genug habt.

Wir haben damals alles aufgebaut. Aus den Trümmern haben wir Träume und eure Zukunft zusammengestückelt. Wir haben nichts verschwendet. Es gab ja nichts. Wir haben unsere Gegenwart für euer Morgen geopfert. Alles was wir geben mussten! Und gern haben wir es gegeben, haben uns für euch aufgeopfert, damit ihr unsere Träume leben könnt.

Und jetzt blickst du mit Scham auf uns zurück und sagst, dass wir alles falsch gemacht haben. Wir haben es nicht besser gewusst. Wir wollten es doch gut machen.

[Die Neugeborene]:
Ich will kein Resonanzkörper des Hasses sein! So sind die Obrigen: die hassen nicht selbst, sie lassen hassen.

Wenn ich in tiefer Meditation bin, wird mir erst klar, wohin meine Gedanken strömen. Ich muss nicht raus gehen, muss diesen Raum nicht verlassen. Sogar wenn ich ganz alleine hier sitze und nur meditiere, haben meine Gedanken Einfluss.

Das Verbrechen wird vor unser aller Augen begangen und alle halten wir den Mund.

Ich doch nicht. Ich bin nicht schuld.
Ich habe nichts getan.

Warum hast du nichts getan?
Warum hast du nichts getan?

[Ein Mensch]:
Wir sind die Letzten.
Schiffbrüchige in einer sterbenden Welt,
die wir selbst zugrunde gerichtet haben.

Nichts hält uns mehr, kein Netz, keine zweite Chance. Wir waren zu schnell, sind gelaufen ohne uns umzublicken, mit Scheuklappen einem leeren Ziel entgegen.

Wir haben gefressen, uns die Bäuche voll geschlagen
und nun präsentiert der Wirt die Rechnung.

Natürlich ist vom großen Tisch nicht für alle etwas abgefallen. Den Hunden haben wir die Reste zugeworfen und ihnen versprochen, sie eines Tages an unserer Tafel willkommen zu heißen.

Aber die Speisen sind aufgegessen, die Teller leer und das Tischtuch trieft nur noch vom Fett des letzten Abendmahls, an das wir uns gerade noch so erinnern.

Jemand schreit.
Es ist der Hunger.
Der Hunger, den wir uns antrainiert haben.
Der Hunger, der uns nicht mehr loslässt.

Und jetzt ist das Ende endlich hier.
Kein Zittern mehr, kein Bangen.
Der Tod ist zu Gast und er sitzt mitten unter uns.
Wir haben ihn eingeladen.

[Anleitung für das Publikum]:
Take one last breath.
Inhale deeply.
And exhale.
When you're ready, open your eyes.

How are you feeling now?

Keep breathing slowly and allow yourself to hold on to this newly discovered feeling of inner peace a little longer.

Take a moment to look at the person to your left.
Now look at the person to your right.
Have you noticed them when you first got here?

They haven't noticed you either. You came here alone.

You are sharing this space with others, but don't fool yourself: when things get complicated, each man for himself.

And you deserve it. You deserve all of it, because when you look again at the person to your left and now at the person to your right, are you not afraid that they might have lived more than you, enjoyed more than you?

It's wonderful to recycle all that you have lived, to give it a second chance, but if you start to compare you'll see that some had it all while you're not even allowed to start living. You have to renounce the little that once was promised to you.

Leave it all behind. Give up on the idea of a future triumph.

You've come here, so that I can tell you a secret:
You don't have to do anything.

The course is set, the train has started moving
and no one cares about your last cry of resistance.

Or did you really think that you could still reach
a better place?

Chile

Er schummelt.
Die Einsicht kommt wie ein Schlag in die Magengrube.
Das warme Lächeln ist nichts als eine Lüge.

Verzweifelt will ich mich an das klammern,
was ich gekannt habe.
Und schneide mich dabei
an den Scherben meines Weltbilds.

Ich muss hier raus.
Dass das Spiel nicht fair ist,
haben wir gewusst,
doch dass der Schummler lügt,
können wir jetzt nicht mehr leugnen.

Ich bin auf der Straße.
Alles brennt, jemand schreit,
aber zumindest bin ich nicht allein.

Wir sind viele. Wir sind das Volk.
Nein, nicht das Volk, das du kennst.
Wir sind die Betrogenen.

Wir sind die,
die das Spiel mitspielen müssen,
die sich an seine Regeln halten
und trotzdem nur Reste bekommen.

Seine Regeln. Sein Spiel.
Und dennoch schummelt er,
um uns voraus zu sein.

Heiß lodert unser Zorn.
Heiß, wie die Feuer auf der Straße.
Unsere Straße, auf der wir euch entgegentreten.
Aber uns kommt niemand entgegen.

Ich bin nicht hier,
um zu brennen.
Ich stehe auf der Straße,
um dem Lügner entgegenzutreten
aber diesmal ist der Schlag in die Magengrube
nicht die Einsicht.

Es ist eine Hand.

Eine gepanzerte Hand,
die mich in die Flammen,
der lodernden Feuer wirft.
Der Lügner schummelt und jeder weiß Bescheid.

Drittes Lager

Stück in zwei Akten ohne Zuschauer.

// ERSTER AKT

Hier haben die Körper ihre Schatten ins Fleisch tätowiert. Hier, wo das Ende nicht aufhört zu enden und der Anfang gar nicht beginnt. Und die stampfen, die Körper stampfen. Ja wollen sie vielleicht auf sich aufmerksam machen? Es ist doch niemand da. Die will doch keiner anschauen! Die und ihre absurde militärische Mission. Wie die sich aufspielen! Und dann auch noch der Marsch, dem sie alle stampfend folgen mit ihren grotesken Körpern. Grausig. Die eine greift sich überhaupt gleich in den Rock und beginnt zu reiben, masturbiert inmitten aller. Keiner schaut ihr zu. Jeder ist mit sich selbst beschäftigt. Glücklich kann man sich nur selbst machen. Deshalb befriedigen sich dann auch alle selbst, weil ihnen nichts anderes übrig bleibt. Es ist ja nichts mehr da. Nicht mal mehr das Selbst. Das hat sich längst aufgelöst in dieser Masse von Fleisch. Gleich stürzt auch die Letzte stöhnend zu Boden. Überreagiert, übererigiert. Zu viel der Erregung. Stille. Aber nein, da beginnt es schon wieder, das stöhnende Stampfen. Es ist zum Heulen. Oder ist das ihr Gesang? Das gestöhnte Lied der Versöhnung. Und ein Tritt. Gewalt der grotesken Gestalten, die sich mit ihren Pratzen abtatschen. „Wie die Tiere"!, schreit einer. Aber da ist doch gar keiner. Alle sind sie allein. Gleißend bricht es aus ihnen hervor. Ein Schrei. Ein Schreck. Und da trennen sie sich.

// ZWEITER AKT

Die Leere gibt ja Raum für noch mehr Treiben. Sofort kommen sie wieder angelaufen. Der allem nachrennende Mob. Schau doch, wie sie sich an ihren kleinen Freuden aufgeilen. Ach so, noch immer niemand. Deshalb fühlen sie sich so unbeobachtet in ihrem perversen Handeln. Doch der Feind ist da. Also nicht hier, da ist er, da draußen irgendwo. Und genau deswegen hält er so zusammen, der Haufen.

Noch immer schaffen Lippen es nicht, ein Wort zu formen. Da spielen sie lieber Leben. Vater, Mutter, Kind. Absurde Bilder einer heilen Welt. Und weiter marschieren die Körper. Alle zusammen. Jeder für sich.

Natürlich haben sie eine Sprache! Nein, keine Worte, hier ist alles körperliche Grammatik. Das allesaussagende Fleisch der eintätowierten Schatten, die sie nicht mehr loswerden, die sie nicht vermitteln können, weil Sehen und Verstehen am Ende zwei verschiedene Dinge sind. Dieses allesversprechende Fleisch spricht und niemand versteht es. Wozu auch? Ist doch immer noch keiner hier.

Deshalb stöhnen sie jetzt wieder und hören nicht mehr damit auf.

Sie werden nicht aufhören.
Sie haben nicht aufgehört.

Gardens Watered by Running Streams

– Annäherungen ans Paradies
Performatives Kurzstück

"Gardens Watered by Running Streams" habe ich mehrmals im Künstlerhaus Salzburg und auch in Barcelona – in englischer Übersetzung – aufgeführt. Die Idee zum Stück hatte ich, nachdem ich einen Vortrag über den Koran und die Paradiesvorstellung im Islam gehört hatte. Nach einiger Recherche stieß ich auf ein Dokument, dass man im Gepäck der Attentäter des 11. Septembers fand. Das auf Arabisch verfasste Schriftstück, das fortan als geistliche Anleitung bekannt wurde, belegt die religiöse Motivierung der Terroranschläge.

In "Gardens Watered by Running Streams" wollte ich mich mit dem Sehnen nach einem Paradies beschäftigen.

I thought a thought but the thought I thought was not the thought I thought I thought. If the thought I thought had been the thought I thought I thought, I wouldn't have thought so much.

Eigentlich können wir ja gleich wieder gehen. Eigentlich ist das hier doch schon vorbei, noch bevor es richtig angefangen hat. Mein Name ist Ali und Martin und Fatma. Mein Name ist Mahmoud und Nuri und Hannan. Und da stehen wir, ich, kein wir, da stehe also ich. Und ihr seht mich nicht. Schaut einfach durch mich hindurch. Seht, was ihr sehen wollt. Ist das dann nicht viel mehr eine Spiegelung deiner Wahrnehmung? Von mir. Dem Bild, das du dir von mir machst? Aber am Ende macht sich niemand was aus uns, aus mir, weil zu einem uns gehören wir ja nicht, das haben wir ja schon festgestellt, davon haben wir uns losgesagt. Einsam ist es im Nebel zu wandern. Aber der Nebel ist ja gar keiner. Alles Menschen, die aneinander vorbeilaufen, nichts aussagend, weil jeder das gleiche sagt und keiner zuhört. Von allen umgeben berührt keiner den anderen, jeder ist allein. Und doch ist der Raum so voll, dass man vor lauter wir kein ich mehr sehen kann. Naja, braucht doch eh keiner. Das Individuum ist doch ein schon längst überholtes Konzept, das seinen Rückzug nur noch auf virtuellen Plattformen findet, wo es gemeinsam mit Hunderttausenden die immer gleichen Selbstbilder teilen kann.

Wir wollen das dokumentieren, wollen alles festhalten, denn an irgendwas müssen wir uns doch festhalten. Weil wir sonst durch die viele Freiheit einfach fallen würden, einfach hindurchfallen. Deshalb brauchen wir etwas, an dem wir uns anhalten können. Etwas, das Gehalt hat. Aber nichts ungreifbarer, als der ewige Nebel. Ich strecke die Hand aus, mache einen Schritt nach vorne, aber falle einfach hindurch und falle hinaus. Herausgefallen aus eurer Freiheit, eurer Individualität, ja, jetzt spreche ich wieder davon. Individualität, die alles erlaubt, alles, nur mich nicht. Mich nicht, weil ich auffalle. Weil sich meine Individualität schon alleine aus meiner Identität ergibt oder eben aus deren Abwesenheit. Weil ich weder hier noch dort dazugehöre. Weil mir keiner zuhören will.

Deshalb strecke ich weiter die Hand aus, auf der Suche nach etwas. Mein Greifen verliert sich immer noch im Nebel.

Nein, dunkel ist es nicht. Gleißendes Licht strahlt und bricht sich an den Wasserpartikeln. Alles reflektiert und wirft mich zurück, zurück auf den Boden auf dem wir irgendwie schon immer gelegen sind.

Ich hab's gesehen. Der da hat es versucht. Der ist aufgestanden. Der hat sich hochgerafft, nur um wieder zurückgeworfen zu werden. Wieder und wieder, immer zurück. Deshalb kriechen wir jetzt alle nur noch. Dicht am Boden. Das unterscheidet uns von den aufrecht umherstolzierenden, edlen Gestalten. Die müssen sich nicht vorwärts bewegen. Die sind uns schon weit voraus. Wir aber kriechen. Immer am Boden entlang. Diese Haltung muss uns wohl irgendwie angeboren sein. Aber eingeboren sind wir genau nicht. Wir sind dieser Erde fremd. Und obwohl ich schon so lange darauf krieche, nimmt sie mich noch immer nicht an, diese Erde, die die noblen Gestalten nur mit ihren Füßen sanft berühren, wenn sie über sie hinwegtanzen. Mehr müssen sie nicht. Wir aber kriechen, schleifen uns an ihrer Oberfläche hinfort und nehmen mit, was sich uns in den Weg stellt. Am Ende sehen wir alle selber ziemlich mitgenommen aus. Jeder ist allein.

Hoch oben strahlt das ersehnte Licht. Sich aus der Masse erheben und über allen stehend strahlen. Höher noch als die tänzelnden Herumstolzierer, weit von den kriechenden vielen. Zusammen mit dem Lichte dort oben strahlend herabblicken auf die, die zu mir aufsehen. Alleinstellungsmerkmal?

Es sind ja immer noch alle da. Dabei muss man nur lange genug warten, dann wird alles vergessen, alles wird verharmlost, weil irgendwann alles normal ist.

Und Zeit ist ja auch nur Distanz. Deshalb hören wir das Knallen nicht, das Schreien und das Zusammenbrechen von Häusern, Menschen und Welten. Weil es weit weg ist. Wir sind aber nicht weg, wir sind genau hier und kriechen alleine besseren Zeiten entgegen. Weil das hat man uns versprochen! Irgendeine Erlösung gibt es immer. Irgendwer kommt immer und verspricht einem das Blaue vom Himmel herunter. Dabei wollen wir nicht einmal unbedingt den Himmel. Das Blaue würde uns schon reichen. Oder Grün. Oder Gelb.

Irgendetwas anderes als der braune Schlamm, von dem wir einst reingewaschen schienen, der sich jetzt aber wieder um uns herum ausbreitet. Braun ist das neue Schwarz. Der Schlamm ist der neue Nebel und natürlich weiß er sofort, dass ich nicht Teil von ihm bin. Obwohl ich immer noch am Boden in ihm herumkrieche, merkt er, dass ich ein Fremdkörper bin. Und trotzdem beginnt er, sich um mich herum anzusammeln. Er wird immer mehr und schottet mich unentrinnbar und leise von allem ab. Jeder ist allein.

Einsam kämpfe ich gegen das Untergehen, schreie, ohne dass mich jemand hört und strecke immer noch meine Hand aus. Aber das alles bleibt für mich unbegreiflich.

Irgendwann vermischen sich die Farben. Das Blau, das Grün, das Gelb, das Rot, das Schwarz. Aber das ist doch gut! „Das ist doch wunderbar!", rufen alle. Die sich auflösenden Identitäten in den sich vermischenden Farben. Alle werden eins! Niemand ist mehr allein! Aber davon profitiert am Ende doch nur das Braun, das sich nicht abzuheben versucht, das nicht versucht abgehoben zu sein. Nein, direkt beim Volk ist es und hier sind nun wirklich alle gleich. Hier in der Identität der braunen Identitären.

Dann ein Wort. Am Anfang war das Wort und das Wort ist gleich geworden. Und ich bin dem Worte gleich geworden. Und so hat es mich herausgerissen, heraus aus dem ewigen Schlamm. Das Wort ist gleich geworden und hat in mir gelebt. Diesmal gibt es kein zurück, kein Zurückfallen. Ein

Herausreißen aus der ewigen Strömung, deren gegenüberliegende Ufer Leben und Tod sind. Engel wandern in diesem Zwischenraum und dort können sie auch dahinschreiten, schließlich müssen sie nirgendwo landen. Wir jedoch würden gerne ankommen. Würden gerne den Strom verlassen. Welches Ufer ist uns eigentlich egal. Und ja, dann das Wort, das mir alles verspricht und noch mehr.

Die letzte Nacht

1. Untereinander einen Treueeid zu sterben treffen und das Erneuern der Intention.
- Das überflüssige Körperhaar abrasieren und sich parfümieren.
- Die große rituelle Waschung vornehmen.

2. Den Plan von allen Seiten gut kennen; damit rechnen, dass der Feind reagiert und Widerstand leistet.

5. In der Nacht aufbleiben und dringlich um Hilfe zum Sieg, Stärkung, klaren Triumph, Erleichterung des Vorhabens und unsere Unentdecktheit beten.

7. Reinige dein Herz und säubere es von Makeln und vergiss oder ignoriere etwas, dessen Name Welt ist. Die Zeit des Spielens ist vorbei, es ist die wahre Verabredung gekommen. Wie viel Zeit unseres Lebens haben wir vergeudet! Warum erfüllen wir nicht in Zukunft jene Stunden mit gottgefälligen Taten und frommen Handlungen?

14. Straffe deine Kleidung sehr gut. Denn dies ist die Vorgehensweise der rechtschaffenen Muslime aus der Frühzeit – Gott möge sein Wohlgefallen an ihnen haben. Diese straffen ihre Kleidung vor dem Kampf. Danach schnüre deine Schuhe gut und trage Socken, damit du im Schuh Halt hast und nicht herausrutscht. All diese Dinge sind Vorkehrungen, die uns befohlen wurden.

Wenn du an Bord des Flugzeuges gehst: In dem Moment, in dem du es mit deinem Fuß betrittst, und noch bevor du richtig hineingehst, wiederhole die Gebete und führe dir vor Augen, dass dies ein Kriegszug auf dem Weg Gottes ist.

Zeige keine Anzeichen der Verwirrung und nervlicher Anspannung, sondern sei froh, glücklich, heiter und zuversichtlich, weil du eine Tat ausführst, die Gott liebt und die er gutheißt. Danach wird der Tag kommen, den du mit Gottes Erlaubnis mit den schwarzäugigen Jungfrauen im Paradies verbringen wirst.

„Und lächle dem Tod ins Gesicht, junger Kämpfer, denn du gehst gleich ein in ewige Gärten"[1]

Freilich ist es seltsam, die Erde nicht mehr zu bewohnen, nicht mehr durch ihren Schlamm zu kriechen und den Nebel hinter mir zu lassen. Von hier oben sieht alles ganz klein aus, verliert seine Bedeutung und wird eins. Wir alle sind jetzt eins, aber ich stehe hoch über dem All. Niemand ist mehr allein.

---

[1]Auszug aus der Geistlichen Anleitung, übersetzt von Hans G. Kippenberg

Herren im Himmel

Ihr droben im Himmel,
wir verherrlichen eure Namen,
lasset uns kommen,
wo euer Wille geschehe.

Vergebt uns unsere Schuld,
denn wir gehören nicht dazu.
Unser tägliches Brot gebt uns heute,
und wir geben es unseren Schuldigern.
Und rührt euch nicht an uns Bösen, sondern erklärt uns
unsere Schuld.
Denn wir wissen nicht, was wir tun.

Ihr droben im Himmel,
dir wir euch geheiligt haben,
wir sind in euer Reich gekommen,
wo euer Wille geschehe,
dafür trifft uns keine Schuld.

Gebt uns wenigstens etwas Brot
und wir teilen es mit den Schuldigen.
Und führt uns nicht vor eure Richter,
denn wir sind hier nicht die Bösen.
 Wir wissen nicht, was wir tun.

Ihr Herren im Himmel,
wir kennen eure Namen,
euer Reich ist über uns gekommen,
obwohl wir das nicht verstehen.

Unser tägliches Brot habt ihr uns genommen,
doch bei uns liegt die Schuld.

Wir würden euch vergeben,
aber ihr führt uns in Versuchung,
denn wir wissen nicht, was ihr tut.

|: Denn Euer ist das Reich,
und die Macht,
in Ewigkeit.
Jeder ist allein.

Kindstage

Dieser Text ist der Grund dafür, dass du dieses Buch jetzt in deinen Händen hältst. Ich habe ihn 2017 in Cardiff geschrieben, während eines Praktikums mit dem spanischen Choreographen Marcos Morau. Die Wochen in Cardiff waren höchst interessant, aber da ich die Zeit großteils damit verbrachte, Tänzern beim Proben zuzusehen – eine sehr passive Beschäftigung – begann ich über Dinge nachzudenken, für dich ich davor noch nie wirklich Zeit gehabt hatte.

Jede Macht hat ihr Zentrum. Da oben thront sie, die Großmutter und groß ist die Distanz zwischen ihr und ihren Nächsten. Keine Nähe kann so entstehen. Die Kühle, mit der sie sich umgibt, ist ihr Mantel, der sie beschützt und ihren Status konserviert. Gefriergetrocknet sind die Beziehungen und Tau ist ausgeschlossen, wird nicht geduldet und ist gleich ganz verboten. In ihrer Abwesenheit ist sie so präsent, die Großmutter, dass kein Handeln möglich ist, ohne zumindest vom Echo ihrer Worte geprägt zu sein, denn ja, in ihren Kindern ist ihr Wort Fleisch geworden. Vakuumverpackt und eingefroren liegt es da, dieses Kalbsfleisch und ist ihr immer zugänglich, der Mutter, die über die von ihr produzierten Vorräte wacht und sie nach strengen Qualitätskriterien bewertet. Hier ist nichts artifiziell, alles biologisch und doch ist der Gencode manipuliert. Am Ende wurde das versprochene Produkt nicht geliefert. Deshalb Reklamation und Nachbestellung, wieder und wieder. Schuld? Von Schuld wird doch gar nicht geredet, das wird umgangen. Der Großvater doch nicht! Der sitzt überhaupt nur da und schweigt, sondert sich ab von dieser Geschichte, die ihn nicht interessiert und verschwindet in seiner Werkstatt. Dort kann er die Realität formen, dort ist er Gott! Was nicht passt, wird passend gemacht. Alles wird nach seinem Maß zurecht geschnitten und Nägel und Hämmer bauen die Kinder seiner Schöpfung. Nur bei seinem eigen Fleisch und Blut verliert er auf einmal die Schöpfungspotenz. Was er auch macht, es passt nicht. Deshalb einfrieren, gleich zusammen mit dem eigenen Begehren. Aber halt!, genau das wird nicht eingefroren. Das besteht weiter, brennender als zuvor. Also wieder bestellen, bis er dann endlich kommt, der heiß ersehnte Zuchtstier, der den Fortbestand der Familie garantieren wird.

Ein Stier ist natürlich anders, der muss anders behandelt werden, der hat Temperament und gleichzeitig ist er auch so sensibel, dass man ihm alles recht machen muss. Darauf hat er auch jedes Recht, schließlich ist er die Krönung der Schöpfung, das Premiumprodukt. Auf blühenden Auen soll er weiden, während das Kalbsfleisch vergessen in der Gefriertruhe liegt, immer noch vakuumverpackt, geprägt vom mütterlichen Stempel der Enttäuschung. Und die Kinder?

Lasset die Kinder zu ihr kommen, zur heiligen Großmutter. Wochenenden, Weihnachtsferien, Sommerfrische unter ihren wohlwollenden Augen. Ist das nicht idyllisch? Alle kommen sie zusammen und versammeln sich um den großen Küchentisch. Es ist halb vier. Den Kaffee gibt es immer um halb vier und darauf ist die Nachkommenschaft trainiert. Wie der Hund, der beim Glockenklang geifert, stehen sie alle um halb vier parat. Im ewigen Kreis um den Küchentisch hat jeder seinen Platz. Kinder auf die Eckbank, Erwachsene auf jeder Seite und dann geht es auch schon los. Es gibt kein Entkommen und sogleich wird ausgeweidet. Kein Stein bleibt auf dem anderen, wenn die nachbarschaftlichen Verhältnisse seziert werden. Das ganze Dorf, über jeden wird gesprochen, alle werden sie zerredet, nur eins wird gekonnt umschifft; die Anderen sind immer recht praktisch, um sich nicht mit dem Eigenen beschäftigen zu müssen. Ganz selbstlos ist er also, der Kaffeetratsch und alle reden, reden, um nichts sagen zu müssen.

Das Fleisch ist mittlerweile aufgetaut und diese weiche Masse ist es, die versucht, sich in vorgefertigte Formen hineinzupressen. Anpassung schützt und Annahme wird verlangt. Aber das Fleisch wird nie genug sein, um die Formen ganz aufzufüllen. Der Kaffee ist mittlerweile kalt geworden.

Die Schaukel als erste Erinnerung. Die Schaukel und die Großmutter, die das Auf- und Abschwingen überhaupt erst ermöglicht. Durch die Macht der Stierzüchterin wird der Garten zum Farbenrausch, der sich im Gedächtnis nieder- und mich nicht mehr loslässt. So wird der Moment zum Paradies. Legenden sind notwendig, um Orte und Menschen heilig zu machen und genau die werden beim Kaffeeklatsch gesponnen. Sobald die Benachbarten fertig ausgenommen sind, wird die Heimat glorifiziert. Das ewige Idyll, das goldene Eck in einer dem Untergang geweihten Welt. Die Großmutter ist der Mittelpunkt, um den sich alles dreht, und die Krone der Schöpfung. Der goldene Stier liegt auf ihrem Schoß. Aber nein, da liegt er nicht, da kommt er ja her. In Wirklichkeit ist er gar nicht mehr dort, sondern herrscht an ihrer Seite über den Garten Eden, aus dem er die Schaukel schon längst verbannt hat, um Platz für sein Treiben zu schaffen.

Er selbst muss nichts schaffen, denn er bekommt das Erbe. Der Zusammenhalt des Erbvermögens ist bedingungslos und essentiell. Über Geld spricht man nicht, obwohl jeder etwas zu sagen hätte. Nur die Erben halten nicht zusammen, müssen sie auch nicht, es gibt ja nur einen! Die anderen, ja Die, weil dieser Artikel in der Einzahl für das Weibliche steht; die also ist davon ausgeschlossen. Die und die und die und die auch gleich. Alle vier, in der Reihenfolge, in der sie kamen. Zeitverzögerinnen, Bremsen, Auf- und Anhalterinnen. Was zählt ist nur der heimgekehrte Sohn. Zahlen sollen die anderen, denn er steht über solchen Dingen. Wie sollte er auch sonst die Werkstätten zusammenhalten? Den Betrieb weiterführen. Denn das ist die Aufgabe des Erben. Form egal. Man muss mit der Zeit gehen! Und das macht der Zuchtbulle, er marschiert, stolziert vorwärts und lässt die Kalbsschwestern am Wegrand liegen. Dabei haben die doch zusammengehalten.

Zusammen haben sie dem Bruder den Erbertrag überhaupt erst ermöglicht. Letztendlich verlangt der Sieg des einen, die Aufgabe der anderen. Und alle haben sie großzügig gegeben, haben sich aufopferungsvoll hingegeben, denn ein Opfer bringt man, weil man erhofft, etwas zu bekommen. Stöhnend haben sie ihre Gebete in den Himmel geschickt! Siehst du mich? Siehst du mich vielleicht nur ein bisschen? Ein bisschen in dem selben Licht, in dem er sich badet? Aber da lässt die Großmutter nicht mit sich reden. Es ist ihre Welt und hier herrschen ihre Regeln. Ihr Kosmos, den sie mühevoll und mit harter Arbeit aufgebaut hat. Hier sind ihre Gesetze in Stein gemeißelt und so unumstößlich, dass sie keine Ausnahmen zulassen.

Wieder sitzen die Großeltern am Küchentisch. Alles was wir geben mussten. Für euch. Alles, auf das wir verzichtet haben. Für euch. Jeder nimmt immer nur. Und nimmt und nimmt und nimmt und es ist nie genug. Egal wer den Mund aufreißt, dahinter verbirgt sich nur ein ewig schwarzer Schlund, der alles in sich aufnehmen kann, der immer hungrig ist und auf der Suche nach mehr. Doch die grauen Eminenzen auf der Eckbank, gerade günstig unter dem Kruzifix platziert, lassen kein Aufbegehren zu. Revolution wird in ihrem Keim erstickt. Tradition bestimmt das Handeln. Das musste die weibliche Nachkommenschaft dann auch einsehen, da mussten sie ihnen

Recht geben. Aber man kann schlecht etwas hergeben, was man nie besessen hat. Und das Anrecht, darauf wurde verzichtet.

Das Haus der Großmutter war Paradies. Hell erleuchtetes Farbenspiel ließ alles satter und intensiver erscheinen als anderswo. Es war, als würde es nur diesen Garten geben, das Haus und keine Welt. Im Schatten der Ribiselsträucher schienen die Sommertage nie zu enden.

Aber die Zeit lässt sich nicht anhalten. Runde um Runde läuft der Stier und kein Gras wächst mehr, wo er gewütet hat. Mit dem Kalbsfleisch ist gleich auch der ganze Konflikt mit eingefroren und so steht alles bewegungslos starr. Alles, außer dem rasenden Stier, seiner Züchterin und der Zeit. Die bleibt nicht stehen, die läuft, schneller noch, als der Stier rennen kann und nimmt uns alles, was wir nicht festhalten können. Alles, was wir geben mussten. Als erstes entreißt sie einem die Unschuld, den naiven Blick aufs Paradies. Und wir bleiben alleine zurück, mit allem, was wir nicht vergeben können.

Jede Macht hat ihre Opfer und so schreitet die Großmutter mit erhobenem Haupt durch die Trümmer des Kollateralschadens, zwischen denen ich mich verstecke. Keine Schaukel mehr, kein Garten, keine Unschuld. Wem einmal die Erkenntnis gefüttert wurde, der wird sich bewusst, wie nackt er war in seiner Naivität. Wie schutzlos. Dumm. Und zweite Klasse. Damit sind wir aufgewachsen. Fehlerhafte Ware, die eben nicht den Anforderungen entspricht. Es ist ja mittlerweile alles genormt und was die Norm nicht erfüllt, wird aussortiert. Das Paradies ist nichts mehr als gefälschte Phantasie, eine Illusion auf dem Weg zum Schlachthof, in dem der Körper vom Willen getrennt wird. In der Gefriertruhe begegnen sich die Teile wieder. Hier, wo nichts geschieht, weil die klirrende Kälte keine Laute zulässt. Kommunikation könnte zum Wachsen von Ideen und somit zur Revolution führen. Aber nicht in der Starre des Eises. Der Raum, in dem sogar die Zeit gefroren scheint und mit ihr der Konflikt und wir gleich dazu.

Da schwebt er also. Drohend über allem ragt der Konflikt. Und wir können ihn nur anschauen. Können ihm uns nicht nähern, noch davor fliehen, weil wir ja festgefroren sind. Egal wie weit wir auch rennen, immer befindet er sich direkt hinter uns und wirft seinen Schatten über unsere Leben. Wenn sie doch schreien könnten! Wenn wir schreien könnten, wäre es alles leichter. Aber die Münder sind genauso zugefroren wie die Strukturen der Gesellschaft. Aus der Macht heraus, die sie sich um ihr Matriarchat aufgebaut hat, sorgt sie dafür, die Stellung der Männlichkeit zu sichern. Der muss dann nicht mehr kämpfen. Der legt sich ins gemachte Nest und seine Kuh mit ihm. Die Fremdgenießerin, die Vollschmarotzerin. Eifrig treibt die Großmutter zur Produktion weiterer Nachfolge an. So kann der Name weiter gegeben werden. So wird die Zukunft gesichert, damit alles beim Alten bleiben kann. Oh glorreiche alte Zeit! Dich verherrlichen wir, denn du bist, was wir kennen. „Fortschritt bitte gerne!", aber nicht hier. Hier senken wir lieber die Temperaturen, verlangsamen die Zeit, bis alles überhaupt rückwärts abläuft. Vom Tod, zur Geburt, zur Empfängnis. Das ewige Licht leuchte so hell, dass es uns alle blendet und uns die Sicht nimmt. Aber vielleicht ist es gut so. Erblindet vom Strahlen können wir uns auf das wesentliche konzentrieren. Wir verherrlichen die Ewigkeit denn dort sind alle Zeiten gleich. Da macht nichts mehr einen Unterschied. Im ewigen Eis ist die Erbschuld eingefroren.

Manchmal kracht es im Eis. Dann bricht ein Stück ab und scheint sich davon zu machen. Die Struktur zerbricht, der Gletscher kalbt. Doch im geschlossenen System geht nichts verloren und in dessen Mitte steht er immer noch da, der Konflikt. Letztlich ist er der Stoff, aus dem Legenden gemacht wurden. Fäden, aus denen die Familiengeschichte gewebt ist. Und dann bin da ich. Eine von vielen. Eine von vielen Fasern im Geflecht. Körper breiten sich bei Wärme aus und so kommt es immer wieder zu erhitzten Gemütern. Revolten. Oder zumindest Versuche.

Dann spannt es im Gewebe. Alles dehnt sich und reißt aneinander. Und der Konflikt, der zuvor nur stumm die Mitte beherrschte, wird von den Körpern ganz aufgenommen. Das Unsagbare ist Fleisch geworden. Blind geben sich die Rinder dem Wahnsinn hin. Ein Ausbrechen aus der alten Ordnung. Hier muss ja mit strenger Geste eingegriffen werden. Mit ihrer Gerte thront sie hoch oben, die Herrscherin und mit bestimmender Geste gebietet sie dem Überhitzen Einhalt. Ganz kurz sind sie, diese Reaktionen im Kern des Eises. Wie kleine Feuer sich verbrennender Gase. Überbleibsel von Ansichten, die in diesem System keinen Platz haben, die weder gewollt noch geduldet werden und sich deshalb in Luft auflösen müssen. Luft und Schluss. Zurück ins ewige Eis.

Was hat das alles mit mir zu tun? Ich muss doch gar nicht ausbrechen, brauche mich doch erst gar nicht in diese Situation begeben. Niemand zwingt mich. Jede Macht hat ihre Grenzen und mich erreicht sie eigentlich schon gar nicht mehr. Und doch bin ich im Eis. Zusammen mit all den anderen Fasern wo das Gewebe unserer Familie tiefgefroren ist.

Manchmal schleiche ich mich davon. Ich mache mich auf in eine andere Geschichte. Ich muss nicht mal groß etwas erfinden. Das Fernsehen hat es mir ja vorgelebt. Interesse der einen Generation an der übernächsten. Familie. Da ist der

Kaffeeklatsch natürlich ein anderer. Da ist die Wärme nicht nur Illusion. Kein Eis und keine Rinderzucht. Mit fest geschlossenen Augen, atme ich diese Vorstellung ein und nehme sie ganz in mich auf. Als wäre das alles echt. Und so bin ich zurück auf der Schaukel. Schwinge höher noch, als jemals zuvor, während sich die Sonne in den blank geputzten Fensterscheiben des Hauses meiner Großmutter spiegelt. Unter dem Kriecherlbaum ist der Tisch für den Kaffee gedeckt und die Schäferhündin bewacht den noch warmen Ribiselkuchen. Auch hier versammeln sich alle am Tisch. Der Frühsommer lässt eine kühle Brise wehen und ich sehe die Welt sich vor meiner Schaukel aufbäumen und wieder herabfallen. Als dann alle beisammensitzen klappern die Tassen, Gläser und Gabeln.

Die Hungrigen

Das Sein und Werden dieses Stückes hängt von der Inszenierung, ob auf der Bühne oder im Kopf, ab. Bitte, nimm dich selbst und das Stück nicht zu ernst. Es ist weder Pamphlet noch Manifest. Es ist menschlich und sonst nichts.

// ERSTE SZENE

Sabine betritt die Bühne. Sie beginnt ihren großartigen Monolog in alter Theatermanier, fängt dann aber an, freizeitmäßig durch das Publikum zu gehen und schwätzt, als würde sie mit einer Freundin telefonieren. Sie redet während der gesamten ersten Szene ohne Unterbrechung.

Sabine. Ich bin ja so gestresst. Mein Professor hat mich für heute zu seinem Geburtstag eingeladen. Eigentlich hat er ja erst nächste Woche, aber weil seine Lebensgefährtin schon gestern Geburtstag hatte, haben die beiden beschlossen, zusammen zu feiern. Was er aber jetzt nicht weiß ist, dass seine Lebensgefährtin, die Nicole, mich auch eingeladen hat. Ja, weil mit der Nicole hab ich doch was am Laufen. Also nichts Ernstes, da bin ich doch überhaupt nicht der Typ dazu. Ich bin einfach zu jung und zu unabhängig und ein Freigeist bin ich ja auch, halt nein!, eine Freigeistin. Und deshalb bin ich jetzt so gestresst, nicht wegen des Angleichens der Genderformen im Deutschen, sondern weil ich mir diese Situation schon sehr brenzlig vorstelle. Ich, Nicole und er in einem Raum. Weil mit ihm hatte ich nichts. Nur einen Café haben wir mal zusammen getrunken, als wir meine Arbeit über männliche Schönheit in Gongoras Lyrik besprochen haben. Ich steh ja normal auch eher auf das Männliche, das Starke. Das mit der Nicole war etwas völlig Neues für mich. Es kam einfach so über mich und schon war ich mittendrin. Also sie kam über mich. Oder ich über sie? Gekommen sind wir schließlich beide und mit einer Wucht. Ich hatte bisher nichts Vergleichbares erlebt. Und irgendwie ist das ja auch sehr bohemisch, oder? Frei sein, sich dem Geistigen hingeben. Deshalb studiere ich auch vergleichende Kulturwissenschaft und Soziologie. Denn ja, man, entschuldigung, frau muss ja beides kennen, um überhaupt beide Seiten bewerten zu können, um sich die Bildung eines Urteils erlauben zu dürfen: Das Klassische, das Moderne, das Junge und das Alte, das Männliche und das Weibliche. Das Männliche mit seiner Klarheit, seiner starken, alles um-werfenden Energie und das Weibliche mit seiner Sanftheit, seinem Einfühlungsvermögen. Deshalb bin ich auch Feministin, junge Grüne und Marketenderin. Die Nicole kenne ich aus dem Yogakurs, weil Yoga eine Reise von außen nach innen ist, während meine Beziehung zu Nicole - Halt!, ich kann soetwas nicht Beziehung nennen, das ist doch auch nur so ein altes, sexistisches Modell einer Männergesellschaft -, während das zwischen Nicole und mir eher von innen nach außen gegangen ist, von ihrem Inneren zu meinem Äußeren, zu unseren Lippen die sich dann berührt haben. Huch, das ist ja schon wieder viel zu privat, was ich hier alles so vor mich her plaudere, aber es ist wichtig, dass ihr versteht, warum ich so gestresst bin. Und überhaupt müsste man, also frau, sich mal fragen, ob es wirklich noch sinnvoll ist, das Öffentliche vom Privaten zu trennen. Wir teilen doch mittlerweile eh schon alles, teilen alles mit, was wir nur können, anfangs über 140 Zeichen-lange Kurznachrichten und jetzt reichen uns dazu schon Bilder. Ist ja auch besser! Ein Bild sagt schließlich mehr als tausend Worte. Wie können da 140 Zeichen mithalten? Wenn ich mit einem einzigen Selfie alles aussagen kann, was es über mich und meine Person zu wissen gibt. Mein tiefstes Inneres offenbare ich auf meinem Instagram Account. Dinge, die ich früher nur hinter fest verschlossenen Vorhängen in meinem Schlafzimmer mit dem Professor geteilt hätte - Nein, mit dem habe ich ja nur einen Kaffee und meine Ansichten über Gongoras sexuelle Fantasien geteilt. Die sind nämlich gar nicht so heterosexuell. Da mögen die Literaturkritiker behaupten was sie wollen, am Ende ist der junge Hirtenkörper kein schroffer, männlicher, nein, vielmehr ein sanfter, weiblicher, mit eleganten Formen und herausgearbeiteten Details, wie die Kurven der Nicole, die sie mich auf ihrem Sofa im Halbdunkel nach der zweiten Flasche Rotwein erkunden ließ. Feldforschung betrieb ich auf ihrem Körper und drang dabei immer tiefer in die Materie ein.

Gernot. Die Sabine ist der nervigste Mensch, den ich je in meinem Leben getroffen habe. Wie kann man nur die ganze Zeit so viel nervenaufreibenden Blödsinn reden? Das ist doch nichts anderes als Wichtigtuerei. Es interessiert doch niemanden hier, dass sie gerade erste lesbische Fantasien an der Realität ausprobiert.

Jakeline (betritt die Bühne). Ich muss schon sagen, ich fühle einiges an Anspannung hier. Lasst uns doch erstmal einen Sesselkreis machen, in dem wir in Ruhe über alles reden können. *(Sie machen einen Sesselkreis.)* Du auch Gerard. *(Gerard kommt aus dem Publikum auf die Bühne. Alle setzen sich auf die vier Sessel, die im Kreis angeordnet sind.)* Ich spüre ein gewisses Konfliktpotential zwischen euch beiden, Sabine und Gerard.

Gerard. Wieso sollte es zwischen uns beiden Konflikte geben. Ich habe mit der Sabine so gut wie gar nichts zu tun.

Jakeline. Und genau das ist es, was ich so seltsam finde. Es wäre etwas anderes wenn wir mehr wären, eine große Gruppe, ein richtiges Ensemble, aber hier sind nur wir vier und wie es aussieht, sind wir bereits alle und es kommt keiner mehr hinzu.

Gernot. Geh bitte, Jakeline, keinen interessieren deine pseudo-psychologischen Selbsthilfeveranstaltungen! Und dann auch noch im Sesselkreis.

Jakeline. Was hast du jetzt gegen den Sesselkreis? Der Kreis ist die harmonischste aller Figuren, weil sie uns alle auf eine Ebene setzt und niemanden bevorzugt.

Gernot. Genau deshalb kommt die Kreisform in der Natur auch nirgends vor. Sie ist ein vom Menschen geschaffenes Ideal. Im Universum gibt es Ellipsen, Spiralen, Eier aber keine Kreise. Weil es auch den einen Mittelpunkt nicht gibt. Alles muss immer mindestens dual sein. Hell/Dunkel. Leben/Tod. Männlich/Weiblich. Zwei entgegengesetzte Pole, die man später weiter auffächern kann, wie beispielsweise das in die Unendlichkeit gehende Genderspektrum, das aber gemeinhin immer noch auf ein blankes entweder-oder reduziert wird.

Gerard. Nützlich ist sie, die Binarität. Ein klares Ja oder Nein. Mit einem „vielleicht" kann ich nichts anfangen. Sabine, willst du mit mir schlafen?

Sabine. Ich werde eine Umfrage auf Facebook starten und die Daten dann statistisch auswerten.

Jakeline. Gut so! Die Dinge verarbeiten kann man nur, wenn man sie teilt. Geteiltes Leid ist halbes Leid!

Gernot. Ihr habt's doch alle einen Vogel!

Sabine. Wenn ich nicht genug Anerkennung bekomme, verliere ich an Selbstbewusstsein. Dann bleibe ich zuhause und schalte alle Lichter aus. Mach dich auf und werde Licht, heißt es bei Jesaja. Aber ich mache mich zu, verschließe alles und verweile in der Dunkelheit. Licht ist der Schlüssel, sagt die Kardashian, deshalb soll man sich bei nagendem Selbstzweifel im Dunkeln halten und Selfies produzieren, die nur Schatten erkennen lassen. So wird die Frau wieder zum Mysterium. Reizwäsche ist reizvoller als ganz nackt. Wer zuviel von sich preisgibt ist nicht mehr interessant. Nackt sind wir unter den alles erspähenden Augen der Mediengiganten. Ich war nur mit der Nicole nackt und da war ich ganz im Moment, ganz new age und mindful war ich. Viel Licht gab es zwar in dem Wohnzimmer auch nicht, aber trotzdem nahm die Nicole meinen Körper an, ohne etwas daran auszusetzen.

Jakeline. Wir sagen jetzt alle unsere Namen und eine Sache, die wir mögen sowie eine, die wir hassen. So brechen wir das Eis, lernen uns besser kennen und rücken näher zusammen.

Gernot. Ich habe das Gefühl, der Gerard hat sowieso das dringende Bedürfnis, näher an die Sabine zu rücken.

Gerard. Ich bin der Gerard. Ich liebe die Frauen und ich hasse die Abweisung.

Jakeline (klatscht). Sehr gut! Ich bin stolz auf dich, dass du uns so freimütig dein Innerstes ausschüttest!

Gernot. Ich bin der Gernot. Ich liebe Wassermelonen und ich hasse den Stau am Morgen, wenn ich zur Arbeit fahr.

Jakeline. So war das nicht geplant! Eigentlich wäre jetzt die Sabine dran gewesen, denn wir machen Reißverschlusssystem und Quote. Fünfzig fünfzig. Ein Mann, weil die waren zuerst an der Macht, und dann eine Frau, damit uns niemand nachsagen kann, wir hielten an alten Herrschaftsstrukturen fest. Wir wollen liberal sein und mit friedlicher Gewalt die Geschlechtergrenzen sprengen.

Niemand sagt etwas.

Jakeline. Dann bin halt ich an der Reihe. Schließlich haben jetzt schon zwei Männer gesprochen und wir wollen jetzt mit einer Frau fortfahren. Ich bin die Jakeline Hintermayer. Ich bin Gestaltpsychologin und habe eine Ausbildung als chiropraktische Masseurin. In meiner Freizeit betätige ich mich freiwillig, weil dazu ist die freie Zeit da, sie anderen zu widmen, und weil ich eine Frau bin, habe ich auch die Energie dazu. Morgens mache ich Yoga und Pilates und esse glutenfreies Bio-Jogurt. Auf Kaffee verzichte ich, denn das hat mir die Brigitte geraten. Mir ist immer alles leicht gefallen. Ich glaube das liegt am Frausein. Von Natur aus arbeiten wir härter und erreichen weniger als die Männer. Deshalb haben wir jetzt den Feminismus. Gleiches Gehalt und gleiche Chancen haben wir zwar noch nicht erreicht, dafür aber ein Augenrollen von unseren Mitmännern und so mancher Mitmenschin.

Gernot. Du hast nicht gesagt, was du gerne hast und was du hasst.

Gerard. Die Sabine würd ich gern haben, wenn sie mich denn lassen würde.

Jakeline. Ich mag die Tiefen der menschlichen Abgründe und gleichzeitig habe ich auch irrsinnige Angst davor.

Gernot. Heißt das, du hasst Menschen?

Jakeline. Ich muss mich in Acht nehmen, wenn die Menschen in Gestalt von Patienten in meine Praxis kommen und mir dort ihre Abgründe offenbaren. Wenn man nicht aufpasst, fällt man hinein. Manche nennen das Liebe.

Sabine. Von Liebe zu sprechen finde ich jetzt doch recht voreilig. Ich weiß nicht, ob ich wirklich bereit dazu bin. Vielleicht bin ich noch zu jung für die Liebe. Ich sehe mich eher gerade in einer Ausprobierphase. Im Internet habe ich von Polyamorie und freier Liebe gelesen. Ich will mich nicht in eine klassische Beziehung begeben, die dann in Heirat endet und mich als retrosexuelles Weib zurück lässt.

Gernot. Können wir jetzt bitte mit dieser Geschichte aufhören? Sitzend drehen wir uns nur im Kreis und es führt uns ja doch zu nichts. Ich möchte lieber nach Hause gehen.

Gerard. Sabine, wenn du willst, kannst du mit zu mir nach Hause kommen. *(Blickt zu Sabine.)*

Sabine (blickt ihn zum ersten Mal an). Vielleicht.

Jakeline. Da ist sie wieder! Diese Spannung zwischen männlicher und weiblicher Energie! Der Konflikt ist da, das Potential ist groß.

Gernot (steht auf). Ich geh. *(Geht ab.)*

Jakeline. Die ungerade Zahl der Anwesenden erhöht sogar noch die Spannung der Situation. Vier ist harmonisch, drei ist es nicht. Zwei ist die Minimalvoraussetzung körperübergreifender Intimität. *(Geht ab.)*

Sabine. Gerard.

Gerard. Ja, Sabine?

Sabine. Ich muss mich langsam für die Party herrichten. Als vergleichende Kulturwissenschaftlerin will ich hübsch und doch so aussehen, als wäre mir mein Äußeres egal. Und das ist viel Arbeit und braucht Zeit. *(Geht ab.)*

Gerard. Mit dem Theater hier habe ich eigentlich nichts zu tun. Ich komme vom Film. Dort kann von Unmittelbarkeit keine Rede sein. Alles kann so oft wiederholt werden bis es passt, bis es einem Ideal entspricht und uns zeigt, wie wir leben sollen. Im Film verliert die Präsenz an Bedeutung. Das Bild ist überall, der Mensch nirgends und trotzdem bilden wir uns ein, sein zu müssen. Damit kennt sich die Sabine aus. Als vergleichende Kulturwissenschaftlerin hat sie die Medien erforscht, mit denen wir unsere allseits bekannten Geheimnisse in eine Zukunft vermitteln, in der sie ihre Mystik zurückgewinnen, weil wir schon jetzt daran arbeiten, das Verständnis füreinander zu verlieren. Wenn man die Gräben nur tief genug ausschaufelt, werden sie zu unüberwindbaren Hindernissen. Und nichts zieht tiefere Abgründe als Konzepte und Ideen, denen man blind hinterherlaufen kann, weil andere sie gemacht haben und man selbst keine Verantwortung dafür übernehmen muss. Es muss was Wunderbares sein, sich selbst aufzugeben. Sich ganz hinzugeben und sich von anderen tragen zu lassen. Um diese Erlaubnis der Schwäche beneide ich die Frauen. Bei denen wird das nicht mal hinterfragt, sondern als natürlich angesehen. Es fällt ja auch sofort auf, wenn die Frau kämpferisch wird. Das Frauliche ist sanft, friedlich und kurvenreich. Die Kämpferin ist Lesbe, Amazone oder Domina und findet ihren Platz in der Gesellschaft nur in den sexuellen Fantasien der Männer. Ich möchte leicht sein, sodass auch ich mich mitnehmen lassen kann. Sodass mich auch so ein schwaches Geschöpf wie die Sabine ertragen kann. Ich will meine Kämpferkomponente verlieren und so sanft werden, dass ich mich nahtlos in den Hintergrund einfüge, ohne hervorzustechen und dabei womöglich noch jemanden verletze. Und dort, zwischen all den anderen, soll die Sabine mich finden. Ohne Eroberung, einfache Symbiose. Zwei Hälften, die zusammen finden.

// ZWEITE SZENE

Gerard sitzt rechts in Unterhose an einem Schminktisch und trägt Make-up auf.

Gernot (aus dem Off). Ich habe meine Wohnung jetzt schon einundzwanzig Tage nicht mehr verlassen. Hier fühle ich mich beschützt und wohl. Ich habe mich vollständig der Bequemlichkeit hingegeben. Hier erreicht mich alles was ich brauche und was mir fehlt, von dem träume ich, während ich mich stundenlang durch Instagram wische. In der Routine habe ich meinen Frieden gefunden.

(Während er weiter redet betritt Jakeline die Bühne und beginnt eine Mischung aus Pilates-Übungen und Yoga-Stellungen zu praktizieren).

Morgens wache ich um 9.30 auf. Anfangs habe ich mir noch den Wecker gestellt, um einen geregelten Tagesablauf aufrecht zu erhalten, aber mittlerweile benötige ich den nicht mehr. Dann gehe ich ins Bad und sorge für Körperhygiene, während mich das Radio informiert, was draußen passiert. Daraufhin nehme ich mir fünf Minuten, um mich zu freuen, dass mich die Außenwelt nicht zu kümmern braucht, bevor ich mir aus Kondensmilch und Haferflocken mein Frühstück zubereite. Auf Kaffee verzichte ich, denn das hat die Brigitte der Jakeline geraten und die hat es mir weiterempfohlen. Eigentlich hatte ich mir vorgenommen, "Auf der Suche nach der verlorenen Zeit" zu lesen. Darüber hätte ich auf Instagram und auf Snapchat, auf Facebook und auf Twitter posten können und wäre vielleicht sogar viral geworden. Aber der Gedanke war mir dann doch zu mainstream. Heute liest doch jeder irgendeinen Klassiker, um die Welt wissen zu lassen, dass er ein Intellektueller ist und somit sowieso schon allen Optimismus der Zukunft gegenüber aufgegeben hat. Die Flucht in die Vergangenheit ist ja wieder schick geworden. Ich aber wollte mich vollends in die Gegenwart stürzen. Deshalb widme ich die Zeit nach und während des Frühstücks dem Frühstücksfernsehen, das mir als Spiegel unserer Gesellschaft scheint und es mir erspart, die Überschriften der Tageszeitungen selbst lesen zu müssen. Abends überkommt mich dann die Melancholie und eine Sehnsucht, die mich drängt am Leben teilzuhaben. Diese Abende verbringe ich mit knuspriger Tiefkühlpizza und meinem Smartphone im Bett, wo ich mich gedanklich auf den nächsten Tag einstelle. Hier geht es mir gut, hier will ich bleiben.

Jakeline beendet ihre Gymnastik und geht ab. Gerard hat sich mittlerweile fertig geschminkt. Er setzt sich eine Perücke auf und zieht High Heels an. Sabine betritt die Bühne. Sie hat sich für die Party zurecht gemacht. Gerard hat ihr den Rücken zugewandt.

Sabine. Ich bin zurück. Trotz allem Unbehagen und innerlicher Zerrissenheit bin ich wieder hier. Ich muss dem Forscherinnendrang in mir nachgeben, um mehr über die menschliche Sexualität zu erfahren. Ich will ganz Wissenschaftlerin sein und vor nichts zurückschrecken. Mutig in die neuen Zeiten! Nicole! Ich bin es, die Sabine.

Gerard als Nicole (dreht sich zu ihr um). Ich wusste, dass du zurückkommst. Du bist jung und willst mehr erfahren. Dein Körper will mit meinem experimentieren und neue Dinge kennenlernen.

Sabine. Ich will mich ganz von den Zwängen traditioneller Sexualitätsvorstellungen befreien und mich wie eine Nymphe, der Natur entsprechend, mit dir vergnügen.

Gerard (steht auf und geht auf sie zu). Ich habe schon auf dich gewartet.

Sabine (stellt sich hinter ihn und schlingt ihre Arme um Gerards Brust). Mir ist, als hätte ich mich mein ganzes Leben auf diesen Moment vorbereitet und doch...

Gerard. Ich will von dir gewollt werden.

Sabine. Ich will dasselbe wollen, aber irgendetwas hält mich zurück. Draufgängerisch will ich mich in diese Affäre stürzen und doch zögere ich noch. Das hier ist so anders, als alles, was ich in der Schule gelernt habe. Ich bewege mich auf einer Grenzlinie, balanciere und habe Angst hinunterzustürzen.

Gerard. Ich will nackt vor dir stehen und zum Objekt deiner Fantasien werden. *(Zieht sich die Unterhose aus, sodass er nur noch Perücke und High Heels trägt.)*

Sabine. Nichts steht mehr zwischen uns.

Gerard. Nichts als die Zweifel, hinter denen du dich immer noch scheu versteckst.

Sabine will auf ihn zugehen. Jakeline betritt die Bühne. Auch sie hat sich für den Abend angezogen.

Jakeline. Wollen wir dann, Sabine?

Sabine. Ich weiß gar nicht mehr so recht, was ich eigentlich will. Alles wird mir zu viel.

Gerard will abgehen.

Jakeline (ruft ihm nach). Ach bleiben Sie doch! Mich stört es nicht, wenn die Frau zum Objekt des öffentlichen Begehrens wird. Ich finde das sogar spannend und auf seltsame Weise erregt es mich, wie Sie hier Ihren Körper zur Schau stellen. So geradeheraus, von allen Zwängen befreit. Sabine, das ist es, was du wollen sollst: Klarheit und Hingabe. Denn so ist die moderne Frau. Sie hat sich die Klarheit ihres Ausdrucks vom

Mann abgeschaut, ist jedoch trotzdem noch dazu bereit, ihm ihren Körper ganz hinzugeben, wenn er ihn für Plakatwände und aufreizende Werbespots braucht. In der Öffentlichkeit ist die weibliche Erotik eine klare. Wenig Klamotten und viel Haut. Erst im Schlafzimmer wird es geheimnisvoller, spannender und echter. Aber soweit wollen wir jetzt gar nicht gehen. Kommen Sie doch mal her und lassen Sie sich ansehen, denn dazu ist sie ja schließlich da, die weibliche Nacktheit!

(Gerard kommt zurück und bleibt in der Mitte der Bühne stehen.)

Wäre ich jetzt ein Mann würde ich derbe Kommentare zu Ihren Kurven von mir geben. Im Schlafzimmer steht Mann ja eher auf Rundungen, Weiblich- und Fruchtbarkeit. Die Mode und die Werbung bevorzugen eher das Kantige, weil das auch die Industrie favorisiert. Sie haben wirklich einen schönen Podex! Den können Sie gerne so freizügig zeigen. Darf man den denn auch mal anfassen? *(Greift ohne eine Antwort abzuwarten an Gerards Hintern.)* Ja, so ist es herrlich! Sei ein Mann, wähl' eine Frau! Und dann noch eine und noch eine! Wie im Supermarkt, die Auswahl ist schier unendlich. Kaum hat man sich für ein Modell entschieden, erscheint einem ein vermeintlich besseres. Kaum hat man sich an seiner Erstentscheidung ausreichend befriedigt, wird sie abgestellt und etwas Neues gesucht. Bist du fertig Sabine? Dann lass uns gehen, es ist Zeit.

Jakeline wendet sich von Gerard ab und verlässt gemeinsam mit Sabine die Bühne. Gerard zieht sich wieder an, schlüpft diesmal aber in ein Abendkleid und behängt sich mit Schmuck.

Gernot (aus dem Off). Langsam wird es Zeit für mich, mein Einsiedlerleben zu verlassen. Würde ich noch länger hier bleiben, würden sich die Leute von meiner Abwesenheit zu viel erwarten. Eine Forschungsarbeit, eine Buchveröffentlichung oder gar ein ganzes Jazz-Album. Wenn ich jetzt wieder auftauche, kann ich mein Verschwinden als Auszeit tarnen. Das ist ja jetzt gerade furchtbar modern. Irgendwas mit Sabbatical und schon passt es.

// DRITTE SZENE

Die Bühne ist schwach beleuchtet. In der Mitte hängt eine Diskokugel, die dem eine elegante aber zugleich schmuddelige Atmosphäre verleiht. Minimal Techno. Gerard als Nicole fängt zu tanzen an. Jakeline fährt Gernot in einem Rollstuhl auf die Bühne.

Jakeline. Gut siehst du aus. Und so fit! Die Auszeit hat der gut getan. Ich sag es ja immer, der Mann braucht seine Ruhe. Nur in der Stille findet er sich. Bei ihm spielt sich der Lärm im Kopf ab. Die Frau muss alles immer nach draußen schreien und so die ganze Welt von ihrem Drama wissen lassen. Stille wem Stille gebührt.

Gernot. Wenigstens du verstehst mich, Jakeline. Ich musste mich aus der lärmenden Welt zurückziehen, um mich selbst zu finden, um meine Gedanken zu ordnen. Dazu brauchte ich nicht weit reisen. Daheim ist es am schönsten, in der heiligen Heimat! Dort ist der Mann immer noch Herr im Haus. Wo ist meine Frau?

Jakeline (deutet auf Nicole). Aber da ist sie doch!

Gernot. Guten Abend mein Engel, du hast dein Mausi noch gar nicht begrüßt.

Nicole. Ich tanze und bin ganz in meiner Welt. Wir Frauen mussten uns das Recht zur Selbstbestimmung lange genug erkämpfen. Das lassen wir uns von keinem Mann mehr nehmen.

Jakeline. Sie war schon immer so ein Hitzkopf. Ich als Psychologin kann das ganz genau erkennen.

Gernot. Ein kleiner Rabauke, aber anbetungswürdig! *(Zu Nicole.)* Ich hab dich vermisst meine Schöne. Komm, lass dich ansehen. Während meiner Askese hatte ich Zeit über uns nachzudenken. Das Fasten, die Enthaltsamkeit, das stundenlange Meditieren gen Osten ließ unser Zusammenleben wie einen Film vor mir ablaufen. Nicole, du bist es! Du bist die eine für mich. Der Teil, der meine Seele ganz werden lässt. Ich liebe dich!

Nicole. Ich war noch jung und unerfahren, als wir uns zur Ehe entschlossen haben, als meine Eltern meinten, das wäre der richtige Schritt. Nun erwartet die Gesellschaft von uns, dass wir zusammenbleiben. Aufgeben ist Schwäche zeigen. Eine Ehe bis zum Ende führen zu können ist Erfolg. Wir sind ein Team wie David und Victoria. Und empfinde ich auch nicht mehr dasselbe für dich, so gibst du mir doch Sicherheit und sozialen Status. Durch deine Gnade bin ich gebenedeit unter den Frauen und meine Sünden werden mir vergeben. Du machst mich als Person zu etwas Besonderem, durch dich erst werde ich ganz Mensch. Durch dich erst werde ich ganz Frau. Ich muss es dir also sagen Gernot, auch ich liebe dich.

Gernot. Happy Birthday, Hase! *(Sie küssen einander.)*

Sabine kommt mit einem riesigen Plüschteddy, der in schwarzen BDSM-anmutenden Lederhosen steckt, auf die Bühne.

Sabine. Hallo? Herr Professor? Nicole? Ich bin's, die Sabine. Ich bin extra leicht verspätet, damit es zu keinen peinlich stillen Momenten kommen muss. Hallo?

Gernot (steht von seinem Rollstuhl auf und geht auf sie zu). Da bist du ja mein Kind. Sehr fesch und gesund schaust du aus. Und was hast du denn da dabei? Ist das der Teddy?

Sabine. Den Bären hab ich als Geschenk mitgebracht. Als drittes Rad am Fahrrad wollte ich nicht irgendwas hergeben, dass sexuell interpretierbar ist.

Nicole. Du hast recht Gernot, richtig hübsch und gesund sieht sie aus. Ganz rote Bäckchen hat sie. Sag, ist dir zu heiß? Magst du nicht ablegen?

Gernot nimmt ihr den Teddybären aus der Hand, während Nicole beginnt, ihr das Oberteil aufzuknöpfen und es ihr schließlich auszieht. Sabine steht jetzt oben ohne auf der Bühne.

Gernot. Ja, richtig knackig und gesund sieht es aus, das Mädl. *(Greift ihr an den Busen.)*

Jakeline hat sich mittlerweile neben dem Teddybären gesetzt und unterhält sich mit ihm. Nicole holt Sabine ein Glas Prosecco, während Gernot immer noch die Hand auf ihrem

Busen hat.

Sabine. Obwohl es mir kalt über den Rücken fährt, fühle ich mich vollauf bereit für diese neue Lebenserfahrung. Ich öffne mich ganz dem Unbekannten und lasse es einfach passieren. Leben nur für den Moment. Später werde ich diese Geschichten meinen Freundinnen erzählen können oder vielleicht sogar ein Selbsthilfebuch darüber schreiben. Denn das steckt alles in mir und als Kulturwissenschaftlerin bin ich dazu bereit. Das hat auch meine Tante Herta gesagt. Das Vollmondkind, die Juli-Geborene, die Vorreiterin im Gender-kieg. Kinderkriegen will ich vielleicht auch einmal. Aber später. Jetzt noch nicht. Erstmal Karriere, Wochenendtrips und Thigh-Gap. Ich bin die Verfechterin aller, die vor mir gekämpft haben. Die ganze Welt liegt mir zu Füßen. Kind, dein Leben ist voller Möglichkeiten! Nach allem, was wir für dich getan haben. Heute muss die Frau nicht mehr Sekretärin sein, um sexuell ausgebeutet zu werden. Hunderttausende Praktikumsplätze hat uns die Nachkriegswirtschaft geschaffen und als Nebenprodukt die Staatsverschuldung. An Altersabsicherung brauchen wir gar nicht denken, stattdessen haben wir Yoga und Pilates und Meditation und Mindfulness. Wir leben ganz im Hier und Jetzt, weil die Zukunft uns Angst macht.

Gernot. Geh bitte, sie soll endlich die Klappe halten! Junge Mädchen soll man sehen, aber nicht hören. Wen interessiert es, was das Gör zu sagen hat? Die Jugend soll ihre Meinung bitte nicht äußern. Die Jugend soll vor allem ruhig sein. Dafür haben sie ja ihren Instagram und ihr Facebook, ihren Snapchat, damit sie sich still und leise beschäftigen können, während wir Erwachsenen die Welt regieren. Reden ist silber, schweigen ist sexy.

Nicole. Komm mit mir mein Kind. *(Sie zieht Sabine mit sich.)* Ich will dich einführen in die Welt noch nie gekannter Erotik. Als Frauen gehört unser Körper uns und es steht uns frei, ihn zu erforschen und mit ihm zu spielen. Wie die Kinder wollen wir ausgelassen toben und uns nicht darum kümmern, was um uns herum passiert. *(Sie gehen ab.)*

Gernot tritt näher ans Publikum heran. Jakeline unterhält sich immer noch mit dem Teddybären.

Gernot. Jetzt haben wir fast die Hälfte des Stücks erreicht. Von hier an geht alles bergab. Zuerst kommt man an und man kennt sich gar nicht aus, schreit und ist nackt und alles ist unverständlich und dunkel. Dann tastet man sich langsam voran. Noch ein Stück und noch ein Stück. Immer weiter, bis zur Erkenntnis. Was nicht passt, wird passend gemacht und die Konkurrenz wird als Kollateralschaden aus dem Weg geräumt. Dann merkt man plötzlich, dass es nicht mehr so leicht geht, wie noch am Anfang. Natürlich ist sie noch da, die Erkenntnis. Also nicht hier, aber da irgendwo, weit draußen am Ereignishorizont. Und Alltag und Kinder und Schulden und Sex - nein, natürlich kein Sex mehr!, dafür von neun bis sechs. Und obwohl sie immer noch da ist, die Erkenntnis, wird sie aufgeschoben, für später aufgehoben, weil man momentan keine Zeit dafür hat. Ja und so hat man irgendwann die Hälfte des Stücks erreicht, von wo an alles bergab geht. Man findet sich damit ab, dass man ja ohnehin nie dort ankommen wird, wo man hin wollte und bleibt einfach still stehen.

Jakeline lässt den Teddy alleine zurück und geht auf Gernot zu. Sie beginnt ihn auszuziehen. Sobald er ganz nackt ist, geht sie ab.

Gernot (sagt ein Gedicht auf).
Nun wird sie endlich kommen doch
in lila Stöckelschuh.

Ist nicht mehr lang, sie kam ja immer noch,
doch lässt's mir keine Ruh.

Und konnt ich sie erwarten kaum,
nun treibt er Schuss auf Schuss;
in mir der alte Traum,
dass ich sie erobern muss.

Wohl zögert auch das alte Herz
und atmet noch nicht frei,
es wiegt so schwer der fahle Speck,
doch ist's noch nicht vorbei.

Oh zieh dich aus und rück heran,
dann geb ich endlich Ruh.

Mach mir auf, lass mich hinein,
verbunden sind dann, ich und du!

Während er das Gedicht aufsagt, kommen Sabine, Nicole und Jakeline, alle nackt, Nicole noch immer in Stöckelschuhen, auf die Bühne. Sie tragen Eimer mit lila Farbe und fangen an, Gernot mit bloßen Händen zu bemalen.

Als das Gedicht zum Ende kommt wendet sich Gernot ihnen zu. Alle beginnen sich untereinander zu küssen.

Angeregt streichelnd beschmieren sie sich gegenseitig mit lila Farbe. Hände und Münder verlieren sich in den Körpern der anderen, während jetzt jeder wirklich nur noch im Moment lebt. Orgie.

Nicole. Lila zieht die Männer an! Wer nicht zieht, zieht lila an!

//VIERTE SZENE

Als lila Haufen bleibt die farbverschmierte Masse leblos am Boden. Jakeline löst sich aus dem Berg an Körpern und steht auf.

Jakeline. Vielleicht hätten wir in Zeiten aggressiver Geschlechtskrankheiten doch ein Kondom benutzen sollen. Aber heute ist ja alles heilbar. So wird dem Grauen der Schrecken genommen. Sogar die Psychosen der Sabine könnte man mit ein paar Tabletten ruhigstellen. Fürchtet euch nicht, die Pharmaindustrie ist zu eurem Heiland geworden. Wir können jetzt alle ganz ruhig sein, denn mehr können wir sowieso nicht sein, weil uns die Wirkstoffe nicht mehr erlauben auf die Stimuli unserer Umwelt zu reagieren. Zum Glück gibt es da noch das Fernsehen und Netflix und HBO und Sky. Zum Himmel will ja niemand mehr hinaufschauen, die Himmlischen finden sich längst hinter Retina-Glas und ergeben glotzen wir sie an.

Sabine wacht verwirrt auf. Sie versucht sich vom Fleischberg zu erheben. Jakeline hilft ihr. Sie holen sich Lappen und beginnen sich zu säubern. Dann ziehen sie sich Laborkittel über und gehen zu Gernot, den sie von Nicole wegziehen. Sie reinigen ihn und helfen ihm in den Rollstuhl. Gemeinsam rollen sie ihn von der Bühne.

Nicole wacht auf. Seine Perücke liegt etwas entfernt. Er kriecht am Boden entlang auf die Perücke zu und setzt sie wieder auf. Plötzlich wird er sich seiner Nacktheit bewusst. Er versucht sich aufzurappeln, rutscht aber mehrere Male wieder aus.

Schließlich schafft er es, sich auf den Beinen zu halten. Brust und Genitalbereich bedeckend, geht sie ab.

//FÜNFTE SZENE

Sabine kommt auf die Bühne. Sie ist ungeschminkt, ihre Klamotten sind schmutzig und zerknittert. Sie stellt einen Sessel-Halbkreis auf, legt auf jeden der vier Sessel eine Broschüre und setzt sich auf einen.

Gernot und Jakeline betreten den Raum und setzten sich ebenfalls.

Sabine. Ich bin die Sabine und ich bin sexsüchtig.

Gernot und Jakeline. Hallo Sabine.

Sabine. In dieser anderen Gesprächsgruppe hab ich einen Mann kennengelernt und es war mir gleich zu Beginn klar, dass er was von mir wollte. Er machte immer wieder Kommentare und fragte, ob er mich nach Hause begleiten könnte.

Jakeline. Sprich nur weiter. Du machst das gut. Hier haben wir keine Geheimnisse voreinander. Hier können wir offen reden.

Gernot. Sag nichts, was du nicht sagen willst.

Sabine. Ich habe mir eigentlich nichts aus ihm gemacht. Solche Typen wie den, die kenne ich zu Hauf. Am Ende ist es immer das Gleiche.

Jakeline. Sehr gut, Sabine. Ich bin stolz auf dich!

Sabine. Aber er hat nicht nach- und keine Gelegenheit ausgelassen, um in meine Nähe zu kommen. Irgendwann bin ich dann doch schwach geworden, schwächer noch, als ich es als Frau ohnehin schon bin.

Gernot. Was zu erwarten war.

Jakeline. Gernot, das ist ein urteilsfreier Raum. Hier soll sich jeder sicher fühlen und es wird eingeladen, alles zu teilen. (Sie legt ihre Hand auf seinen Oberschenkel und streichelt ihn.)

Sabine. Ich hab ihn dann auf eine Firmenfeier begleitet, weil ich dachte, dort könnte er mich nicht so leicht verführen.

Jakeline. Ein geschickter Plan! *(Sie fährt mit ihrer Hand unter Gernots Hemd und streichelt seinen Bauch.)*

Sabine. Wir haben Spritzwein getrunken und dann hat eins zum anderen geführt. Er legte seine Hand auf meinen Hintern.

Jakeline. Komm jetzt beruhig dich erstmal, armes Ding! Ich werde deine Meridiane und energetischen Schwingungen in Einklang bringen.

Sie fängt an, in der Luft um Sabine herum zu greifen und ihre energetischen Bahnen in Einklang zu bringen.

Jakeline. Wir Frauen haben zum Glück unsere eigenen Mittel entwickelt, um uns gegen die Männer durchzusetzen. So, lass mich deinen Magen-Darm-Meridian aktivieren.

Gernot. Ich glaube am Ende können sich Männer und Frauen ja doch nicht verstehen. Die einen kommen vom Mars, die anderen von der Venus. Ein riesiger Abgrund tut sich dazwischen auf, indem sich nichts findet. Deshalb schauen wir den Haserl ja auch so schüchtern hinterher. Einsam und von allen abgetrennt sind wir, die letzten Bewohner einer sterbenden Welt. Mann und Frau gelangen nur gemeinsam zur Vollkommenheit. Hart arbeiten sie für den Fortbestand der Sippe; er im Großraumbüro, sie in der Reihenhausküche. Wie war dein Tag, Schatzerl? Aber diese traditionsverbundene Realität ist am Untergehen. Die Familie ist am Aussterben und neue Formen bedrohen die alteingesessene Ehe. Heute will man entscheiden, mit wem man zusammen sein will. Wird einer zum Problemfall, steht schon das nächst bessere Modell bereit. Gott hat dem Menschen den freien Willen gegeben und wir wollen was Neues, was Besseres.

Sabine. Zuerst war ich ganz verwirrt ob dieser Geste. Wie soll sich eine junge Frau da verhalten? Einerseits so erotisch begehrt, andererseits so erniedrigt.

Gernot. Aber bitte, ein kleiner Klaps auf den Podex.

Sabine gibt ihm eine Ohrfeige.

Jakeline. Recht so Sabine! Me too! *(Sie gibt ihm ebenfalls eine Ohrfeige.)* Wir Frauen haben viel zu lange geschwiegen, viel zu vieles über uns ergehen lassen. Was fällt dir ein?

Gernot. Das haben wir als Gesellschaft so vorgesehen. Nie hat sich jemand beschwert. Nur die Grünen haben immer wieder aufgemotzt, dabei sind die mittlerweile doch schon in sich selbst zerfallen, zerstritten, das elende Pack! Es stimmt ja, mittlerweile wissen wir, dass alles Lüge ist. Nicht mal Disney hat uns da helfen können. Am Ende ist die Ehe eine Zweckgemeinschaft. Nein, Entschuldigung, das ist sie am Anfang. Am Ende ist sie bestenfalls eine sexlose Freundschaft, ein Beisammensein von zweien, die sich aushalten müssen, weil Trennung Schande ist. Einzig die Gesellschaft schützt diese Institution, wie eine vom Eingehen gefährdete Pflanze. Ja, eigentlich könnte man gleich sagen, vom Aussterben bedroht. Aber was macht man? Was hat man sich da überlegt? Anstatt sie gleich ganz abzuschaffen und der Realität ins Auge zu blicken, will man sie öffnen! Die Ehe für alle! Für alle und jeden! Als Frau kann man ja jetzt sogar einen Delfin heiraten. Hoch lebe das Brautpaar! Denn ja, das ist uns hier, im Zentrum der Erde immer noch wichtig, heiraten können nur zwei. Sind es mehr, ist es unzivilisiert, aus dem Ruder geraten und wild. Zwei ist die perfekte himmlische Zahl, mehr ist nur die göttliche Dreifaltigkeit, an die sich der Mensch bitte nicht wagen soll.

Er klatscht Sabine auf den Hintern. Dann Jakeline.

Gernot. Ihr tut mir leid. *(Geht ab).*

Jakeline. Da geht er hin. Denn das konnten die Männer ja schon immer. Weglaufen. Zigaretten kaufen und weglaufen. Dem Konflikt einfach so entfliehen. Wir Frauen hingegen müssen uns den Herausforderungen des Lebens stellen. Menstruation. Kinderkriegen. Glasdecke und Pay Gap.

Sabine. Als ich Kind war, wollte ich Prostituierte werden. Eine Nachbarin meiner Eltern arbeitete im Romaclub. Auch sie hatte eine Tochter. Während ihre Mama arbeiten war, blieb sie öfters bei uns in der Wohnung, bis sie spät nachts oder früh morgens abgeholt wurde. Aber wer zahlt dann den Krankenstand, den Urlaub, die Pension? Als ich meinem ersten Freund von dieser Idee erzählt habe, hat er mir eine runtergehauen. Das ist doch kein anständiger Beruf, hat er gesagt. Das hat mich dann schlussendlich zur Soziologie gebracht. Eine respektable Wissenschafterin, die sich doch erlauben kann, die menschlichen Abgründe genauso zu erforschen, wie eine Prostituierte. Anstatt Kundschaft habe ich eine Probandengruppe, die sich nach meinen Ideen und Vorstellungen richten muss. Das notiere ich dann alles, schreib es auf und bin am Ende doch nicht klüger. Was wollen sie denn immer alle? Hauptsächlich sind sie einfach nicht zufrieden. Unsere kleinen Leben machen uns fertig, weil es immer wen gibt, der mehr hat, mehr macht, mehr sein darf. Oh, wie ich sie anbete, die Glücklichen! Strahlend schön sehen sie aus und mich zerrüttet der Neid. So hilf mir doch irgendjemand! Ich fühl mich ganz klein und alles um mich herum wird zu viel. Ich kann nicht mithalten, ja nicht mal mitreden kann ich. Alle anderen sind schneller und überholen mich, haben mehr gelebt, mehr geliebt und sind zufrieden damit. Ich kann nicht mehr! Ich kann nur schreien und schreien und am Ende speie ich diesen ganzen Hass aus mir heraus und ersticke an der Kotze, die mir im Hals stecken bleibt.

Sabine sinkt am Boden zusammen. Jakeline sammelt die Broschüren ein und schleift Sabines erschlafften Körper von der Bühne.

// S E C H S T E   S Z E N E

Es ist dunkel. Ein Spot beleuchtet das Zentrum der Bühne. Sanfte Musik setzt ein. Nicole schleift einen Mikrofonständer mit Mikrofon hinter sich her und platziert ihn im Lichtkegel. Die Musik bricht abrupt ab.

Nicole. Jetzt haben wir uns eine Wohnung gekauft. Sie ist nicht perfekt, aber in Ordnung. Wir haben drei Zimmer: Ein Wohnzimmer, das Schlafzimmer und eines, das wir vorerst noch als Büro nutzen wollen, das später aber mal ein Kinderzimmer werden kann. Die Küche ist voll ausgestattet und hat sogar eine Eckbank. Das Ganze haben wir für 600 Euro ablösen können. Das war fast ein kleines Wunder, denn sonst wäre das sicher zu teuer geworden. Natürlich müsste man ein bisschen renovieren, aber das können wir dann gemeinsam als Projekt in Angriff nehmen. Als Projekt, das uns noch näher zusammenbringt und uns in einer Zukunft durch gemeinsame Erfahrungen verbindet. Ja, in dieser neuen Umgebung will ich mit dir etwas aufbauen, das unserer Beziehung einen ehrlichen Grundstein gibt. Mehr als nur Sex, eine Basis. So stark, dass du niemand anderen mehr willst. Dass ich die einzige bin, zu der du diese Verbindung spürst. Weil, das ist meine größte Angst: Dass alles was ich getan habe nicht genug ist. Dass ich nicht genug bin. Irgendwann werde ich dir langweilig werden. Dann wirst du deine Fühler ausstrecken und am überschwemmten Markt wen Neuen finden. Jemanden, der dir gibt, was ich dir nicht geben kann. Was das ist? Davon hab ich doch keine Ahnung. Noch schreist du wild, noch erreg ich dich mit meinem Körper, mit allem was ich dich an mir machen lasse. Es gefällt dir und das ist alles was ich erreichen will. Das ist mir schon genug. Aber bin ich dir genug?

Ich will, dass du weißt, dass ich immer für dich da bin. Will, dass du meine Liebe so stark fühlst, dass du gar nicht auf die Idee kommst, was anderes zu wollen. Ich will nur von dir gewollt werden. Nach allem, was ich für dich getan habe, habe ich mir das auch verdient. Für dich habe ich mich in diesen neuen Körper eingegossen, habe mein altes Leben hinter mir gelassen, um mich ganz dir hinzugeben. So vieles war neu für mich, so vieles fremd, ich dagegen ganz klein und schwach. In meiner Liebe zu dir habe ich mich ganz hingegeben und dadurch vielleicht mich selbst aufgegeben. Ich will, was du willst und will sein, wie du mich willst. So jemand kann ich natürlich nie werden. Diese Wunschvorstellung, von der ich glaube, dass du sie hast, kann ich doch sowieso nicht erreichen. Da kommen mir nur all meine Defekte in den Kopf. Alles an mir, was nicht der Norm entspricht, was menschelt und deshalb vielleicht weniger begehrenswert ist, habe ich zu hassen gelernt. Ja, ich schäme mich dafür! Für diesen Körper, der sich nicht mehr weiter anpassen lässt, der an seine Grenzen gekommen ist und sowieso kurz vor dem Verfall steht. Das frisst mich innerlich auf. Jede Selbstkritik eine Made, die in mir nistet, sich dort vermehrt und anfängt zu fressen und immer weiter zu fressen, meinen Leib, meine Seele und mein ganzes Sein. Was bleibt denn dann noch, was bleibt noch von mir zurück, wenn ich dir schon alles gegeben habe?

Jetzt bin ich ganz vom Thema abgekommen. Das tut mir leid. Ich weiß gar nicht, warum ich mich so aufrege, wo doch jetzt alles so schön sein kann. Wo wir doch jetzt endlich so sein können, wie alle anderen auch. Ein ganz normales Paar mit einem gutbürgerlichen Alltag. So wird alles seine perfekte Ordnung haben. Und die brauchen wir doch gerade jetzt so dringend, jetzt wo ich schwanger bin, jetzt wo wir das Kind erwarten, das all meine Träume erfüllt und mich eintreten lässt in die Sphäre mütterlichen Glücks. Nie mehr allein.

Danksagung

Kurz bevor du dieses Buch zuschlägst, will ich dir noch von den Menschen erzählen, ohne die dieses Projekt nicht möglich gewesen wäre. Allen voran meine Familie, meine Eltern und meine beiden Schwestern, die für mich das Zentrum dieser Welt sind.

Meine gute Freundin Barbara Gräff, mit der ich vor fast fünfzehn Jahren anfing, unsere Leben zu träumen. Spoiler: Dieses Buch war damals schon geplant.

Stefan B. Findeisl für das Lektorat und all die Bier, die wir bei Besprechungen während einer Pandemie getrunken haben.

Und all den Julias, die an der Entstehung dieses Buches beteiligt waren: Meine Schwester Julia hat als erstes alle Texte gelesen. Julia Wegmayr hab ich beim Lesewettbewerb kennengelernt, als ich noch nicht wusste, dass ich gewinnen und sie mein Buch setzen würde. Danke für die unendliche Geduld, und all die Zeit, die du in dieses Kleinod investiert hast. Meine Freundin Julia Krepl, die nochmal alle Texte durchgelesen hat und mir half, das auszudrücken, was ich wirklich sagen wollte. Und Julia Cosimi Cannata für das wunderbare Cover.

Der Salzburger Gregor Eistert ist Autor und Performancekünstler. In seinen Werken, die in Form von Texten, Performances und Theaterstücken Gestalt annehmen, sieht sich das Publikum mit beklemmenden Visionen der Gegenwart konfrontiert. 2019 gewann er den Lesewettbewerb „Wir lesen uns die Münder wund".

Gregor Eistert lebt und arbeitet in Barcelona.